La Andriana

Publio Terencio Africano

Prólogo

Cuando el poeta se decidió a escribir comedias, sólo esta empresa creyó echar sobre sí: la de componer sus fábulas de suerte que diesen gusto al pueblo. Mas ahora advierte que las cosas van muy al revés, pues se ve obligado a forjar prólogos, no para declarar el argumento, sino en respuesta a las malévolas censuras de un poeta rancio. Suplícoos, pues, que oigáis con atención de qué le reprenden.

Menandro compuso La Andriana y La Perintia. Quien la una de ellas conociere bien, conocerá las dos, según ambas son de argumento semejante, aunque por el diálogo y el estilo diferentes. Todo lo que de La Perintia cuadraba para La Andriana, Terencio confiesa haberlo trasladado, sirviéndose de ello cual si fuese de su propia invención. Y esto es lo que sus enemigos le censuran. Porque dicen que no es bien hacer de varias una sola fábula. Presumiendo de muy sabios, muestran saber poco; pues al acusarle de esto, acusan por igual a Nevio, a Plauto, a Ennio, a quienes nuestro poeta tiene por maestros, y cuya libertad más precia él imitar que no la obscura exactitud de esos censores. Les aconsejo que, de hoy más, cierren el pico y dejen de murmurar, si no quieren oír sus defectos.

Prestadle vuestro favor, asistid de buena voluntad y oíd la comedia, para que sepáis lo que promete, y si las que hará de nuevo serán dignas o no de ser representadas.

Acto I

Escena I

SIMÓN, SOSIA, esclavos cargados de provisiones.

SIMÓN.- Llevad vosotros esas viandas allá dentro, caminad. Tú, Sosia, llégate acá; que te quiero decir dos palabras.

SOSIA.- Dalas por dichas: que se aderece bien todo esto.

SIMÓN.- Muy diferente cosa es.

SOSIA.- ¿En qué más puedo yo serte útil con mi arte?

SIMÓN.- No hay necesidad de ese arte para lo que yo pretendo, sino de aquellas virtudes que yo en ti siempre he conocido, que son fidelidad y silencio.

SOSIA.- Suspenso estoy aguardando qué me quieres.

SIMÓN.- Ya sabes cómo después que te compré has tenido en mi casa desde pequeño una moderada y benigna servidumbre. Hícete de esclavo mi liberto, porque me servías hidalgamente: te di la mayor recompensa que pude.

FOBIA.- -No lo he olvidado yo.

SIMÓN.- Ni yo tampoco estoy de ello arrepentido.

SOSIA.- Huélgome, Simón, de haber hecho o hacer en tu servicio algo que te agrade: y en haberte dado gusto recibo gran merced. Pero ese recuerdo me da pena; porque traerlo a mi memoria, es como reprenderme de olvidado de las mercedes recibidas. Di, pues, en pocas palabras, qué me quieres.

SIMÓN.- Así lo haré. En primer lugar, te advierto que estas que tú crees verdaderas bodas no son tales bodas.

SOSIA.- ¿Por qué, pues, las finges?

SIMÓN.- Yo te lo contaré todo desde su principio, y así conocerás la vida de mi hijo y mi intento, y también qué es lo que yo quiero en este caso que tú hagas. Porque después que mi hijo salió de la niñez, amigo Sosia, tuvo ocasión para vivir más libremente; que basta entonces ¿quién pudiera saber ni entender su condición, mientras la edad, el miedo y el maestro lo estorbaban?

SOSIA.- Así es.

SIMÓN.- Al revés de lo que hacen casi todos los mancebos, que es inclinar su voluntad a alguna manera de ejercicios, como a criar caballos o perros para caza, o darse a los estudios, él en nada se ejercitaba por extremo, aunque en todo ello moderadamente se empleaba. Yo gustaba de ello.

SOSIA.- Y con razón, porque me parece muy útil en la vida no hacer cosa ninguna con exceso.

SIMÓN.- Su manera de vivir era sufrir y comportar fácilmente a todos aquellos con quien comunicaba, hacerse a su condición, complacerles en sus deseos, no porfiar con nadie, nunca preferirse a otro; de tal suerte, que sin pesadumbre ni enojo ganase honra y granjease amigos.

SOSIA.- Discretamente ordenó su vida; porque hoy día el complacer gana amigos, y el decir las verdades enemigos.

SIMÓN.- En esto, habrá tres años que arribó aquí, a nuestro barrio una mujer de Andros, forzada de necesidad y abandonada de sus deudos; mujer de muy buen rostro y moza.

SOSIA.- ¡Ay!, recelo tengo no nos traiga esta Andriana algún daño.

SIMÓN.- Al principio vivía castamente, con regla y aspereza, ganando la vida con telas e hilazas; pero como se le allegaron, uno tras otro, galanes prometiéndole dinero, y como la naturaleza humana desvara tan fácilmente del trabajo al deleite, aceptó el partido, y de allí adelante comenzó a granjear con su hermosura. Sus amantes entonces llevaron por casualidad, como suele acaecer, a mi hijo a comer con ellos en casa de la moza. Yo luego dije entre mí:

«No hay duda que me le han cazado; herido está». Aguardaba por las mañanas a sus criados cuando iban o venían, y preguntábales: «Di, mozo, por tu vida, ¿quién tuvo ayer a Crisis?» Porque así se llamaba la Andriana.

SOSIA.- Entiendo.

SIMÓN.- «Fedro, decían, o Clinia o Nicerato». Porque estos tres la tenían entonces a la vez. -«Y Pánfilo ¿qué hace?»- «¿Qué? Pagó su escote y cenó». Holgaba yo de ello. Preguntábales otro día lo mismo, y hallaba por verdad no tocarle nada a Pánfilo, y realmente me parecía ésta una grande y clara muestra de virtud. Porque quien anda revuelto con semejantes condiciones, y en ello no se le altera la voluntad, sábete que puede ya tener manera y asiento de vivir. Alegrábame yo de esto, y todos por una boca me daban parabienes y alababan mi ventura, pues tenía un hijo de tan buena inclinación. ¿Qué es menester palabras? Cremes, inducido de esta fama, vino a mí voluntariamente a ofrecerme para él la mano de su hija única, y muy bien dotada. Pareciome bien, acepté el partido y concerté las bodas para hoy.

SOSIA.- ¿Qué impedimento, pues, hay para que de veras no se hagan?

SIMÓN.- Yo te lo diré. Pocos días después, muere nuestra vecina Crisis.

SOSIA.- ¡Oh, qué bien! ¡La vida me has dado! Llegué a temer que la tal Crisis...

SIMÓN.- En aquel trance mi hijo no salía de la casa, y juntamente con los amantes de Crisis, se ocupaba en disponer el funeral, mostrándose a las veces triste, y aun llorando a veces. Yo aplaudía esta conducta, pues pensaba para mí: «Sí este muchacho, por un poquillo de trato que con ella tuvo, siente con tan tierno corazón su muerte, ¿qué hiciera si él fuera su amante? ¿Qué no hará por mí que soy su padre?» Todos estos me parecían cumplimientos de condición afable y ánimo benigno, ¿Qué es menester razones? Yo mismo, por amor de Pánfilo, fui también al entierro, no sospechando mal ninguno.

SOSIA.- ¿Qué mal hay, pues?

SIMÓN.- Ya lo sabrás. Sácanla: echamos a andar. ¡En esto, entre las mujeres del cortejo veo por casualidad una mozuela de una estampa!...

SOSIA.- ¿Buena, eh?

SIMÓN.- Y de un aire, Sosia, tan modesto y gracioso, que no había más allá. Y porque me pareció que lloraba más que las otras, y también porque era, de rostro muy honesto y más ahidalgado que las otras, llégome a las criadas y pregúntoles quién era: dícenme que era una hermana de Crisis. Luego al punto me enclavó el alma. «¡Ta!, ¡ta! -dije- éste es el caso: de aquí nacen las lágrimas; ésta es aquella compasión!».

SOSIA.- ¡Qué temeroso estoy en qué has de parar!

SIMÓN.- Entre tanto, sigue avanzando el fúnebre cortejo, y andando, andando llegamos a la sepultura; pónenla en la hoguera, llóranla. En esto, aquella hermana, que te he dicho, llégase al fuego indiscretamente con harto peligro. Pánfilo, alterado, descubre entonces sus amores bien disimulados y secretos; corre, abraza por la cintura a la mujer, diciéndole: «Glicera mía, ¿qué haces? ¿Por qué vas a perderte?» Y ella echósele llorando en los brazos con familiar abandono, de manera que quien quiso pudo fácilmente ver que sus amores eran viejos.

SOSIA.- ¿Qué me dices?

SIMÓN.- Vuelvo de allí enojado y muy picado, y con todo eso no había bastante razón para reñirle. Porque dijera: «¿Qué he yo hecho? ¿O qué he merecido, padre? ¿O en qué he pecado? Detuve a la que se quiso echar en el fuego, librela»: palabras son honestas.

SOSIA.- Cierto. Porque si al que dio socorro a la vida, reprendes, ¿qué dejarás para el que hiciere mal o daño?

SIMÓN.- Viene Cremes el día siguiente a mi casa, diciendo a voces, que había sabido un caso vergonzoso; que Pánfilo tenía por mujer aquella forastera. Niego yo el hecho; él porfía que es verdad. Finalmente se despide de mí, jurando que no daría su hija.

SOSIA.- ¿Y tú entonces a tu hijo no le...?

SIMÓN.- Ni aun esta me pareció bastante razón para reñir con él.

SOSIA.- ¿Cómo no?

SIMÓN.- Dijérame: Ya tú, padre, has puesto término a mi libertad; ya se acerca el tiempo en que he de vivir a sabor de ajeno arbitrio; déjame ahora, entretanto, vivir a mi gusto.

SOSIA.- ¿Qué motivo, pues, te queda para reprenderle?

SIMÓN.- Si por esa mujer rechazase el casamiento, este es el primer agravio que yo en él he de castigar. Y en esto entiendo ahora: en procurar por medio de casamiento fingido verdadera ocasión para reñir con él, si me dijere que no, y también para que el bellaco de Davo, si algún consejo tiene, lo gaste ahora que sus enredos no pueden perjudicarme. Yo creo que Davo de pies y de cabeza buscará todos los medios, más por hacerme a mí pesar, que por complacer a mi hijo.

SOSIA.- ¿Por qué?

SIMÓN.- ¿Eso me preguntas? Es bellaco de malas intenciones y de mala entraña. Mas, como yo le pille... y no digo más! Si, por el contrario, sucediere lo que yo deseo, que en Pánfilo no haya resistencia, quédame el recabar el sí de Cremes; lo cual confío que se logrará. Ahora lo que tú has de hacer es fingir muy bien estas bodas, atemorizar a Davo, ver qué determina mi hijo, y qué consultas hace con él.

SOSIA.- Basta. Yo lo haré. Entrémonos ya.

SIMÓN.- Anda delante, que ya voy.

Escena II

SIMÓN, solo.

SIMÓN.- Averiguada cosa es que mi hijo no quiere casarse, según entendí que Davo se alteró cuando oyó decir que pasaba adelante el casamiento. Pero aquí viene Davo.

Escena III

DAVO, SIMÓN.

DAVO.- (Aparte.) Ya me maravillaba yo que esto se pasase así por alto; y aquella perpetua mansedumbre de mi amo temía en qué había de parar. Pues aunque entendió que no le habían de dar a su hijo la mujer, nunca a ninguno de nosotros nos dijo palabra ni se le dio nada por ello.

SIMÓN.- (Aparte.) Ahora la dirá, y aun muy a tu costa, según pienso.

DAVO.- (Aparte.) Él quiso realmente entretenernos con este falso gozo, y asegurarnos, quitándonos el miedo, para después saltearnos descuidados, de manera que no tuviésemos lugar de buscar traza con que estorbar el casamiento. ¡Astuto!

SIMÓN.- (Aparte.) ¿Qué dice el verdugo?

DAVO.- (Aparte.) Mi amo es: ¡y yo que no le había visto!...

SIMÓN.- (Alto.) Davo.

DAVO.- ¿Qué mandas?

SIMÓN.- Llégate acá.

DAVO.- (Aparte.) ¿Qué me querrá éste?

SIMÓN.- ¿Qué dices tú?...

DAVO.- ¿Sobre qué?

SIMÓN.- ¿Eso me preguntas? Mira que se corre por ahí que mi hijo tiene amiga.

DAVO.- ¡Esos cuidados, por cierto, tiene el pueblo!

SIMÓN.- ¿Estás conmigo o no?

DAVO.- Ya te entiendo.

SIMÓN.- Pero de fuerte padre sería ponerme yo ahora a hacer en eso inquisición. Porque lo que hasta aquí él ha hecho no me toca nada. Mientras su edad para ello dio lugar, yo ya le he permitido que satisficiese sus caprichos; pero este tiempo ya trae otra vida, ya requiere otras costumbres. De hoy más te pido, Davo, y, si es justo, te lo suplico, que hagas por que vuelva al buen camino.

DAVO.- ¿Qué quieres decir?

SIMÓN.- Todos los que tienen amiga sienten mucho que los casen.

DAVO.- Así lo dicen.

SIMÓN.- Y si alguno toma para esto un mal maestro, las más veces tuerce a la peor parte la flaca voluntad.

DAVO.- En verdad que no te entiendo.

SIMÓN.- Que no, ¿eh?

DAVO.- No; que soy Davo y no Edipo.

SIMÓN.- En ese caso holgarás que te diga rasamente lo que me queda por decir.

DAVO.- Sí holgaré.

SIMÓN.- Si yo entendiere hoy que tú me urdes algún enredo por donde no se hagan estas bodas, o que quieres que se vea en esto cuán astuto eres, te juro, Davo, que, después de bien azotado, he de dar contigo en la tahona hasta que mueras, con pleito homenaje que si yo de allí te sacare, quede yo a moler en tu lugar. Y, pues, ¿haslo entendido ahora, o ni aun esto tampoco?...

DAVO.- A maravilla, porque ahora me has dicho el negocio muy a la rasa, sin rodeos.

SIMÓN.- En cualquier otro caso sentiré menos que me engañes que no en este.

DAVO.- (Irónico.) ¡Vaya, no hay que enojarse!

SIMÓN.- ¿Búrlaste? Pues no me engañarás. Mira, te digo que no seas loco, ni me vengas después con que no te lo avisaron. ¡Ojo! (Vase.)

Escena IV

DAVO, solo.

DAVO.- A buena fe, Davo, que no cumple aquí emperezar ni descuidar, a lo que tengo entendido, del propósito del viejo acerca de este casamiento; el cual, si con maña no se lleva, dará al través conmigo o con mi amo. Ni sé qué me haga, si complazca a Pánfilo o si crea al viejo. Si a Pánfilo dejo, temo que se pierda; si le ayudo, las amenazas de éste, el cual es malo de burlar. Cuanto a lo primero, ya tiene él noticia de estos amores: a mí me tiene sobre ojos, no desbarate el casamiento con algún engaño; si lo siente, soy perdido, o si le parece tomará achaque para con razón o sin razón dar conmigo en la tahona. A estos males allégaseme este otro también: que esta Andriana, ora sea su mujer, ora su amiga, esta de Pánfilo preñada. ¡Y es cosa de ver su atrevimiento! Porque es más empresa de locos que de enamorados. Están determinados a criar lo que pariere, y allá entre ellos urden no sé qué maraña: que ésta es ciudadana de Atenas; que hubo un tiempo un viejo mercader, el cual naufragó junto a la isla de Andros, y que murió; y que el padre de Crisis la recogió escapada, huérfana, pequeña... ¡Todo mentiras! Lo que es a mí no me parece conforme a verdad. Y ellos están contentos con la maraña. Pero Misis sale de su casa. Yo me voy de aquí a la plaza para verme con Pánfilo, porque no le coja su padre desapercibido en este caso.

Escena V

MISIS.

 MISIS.- Ya te he entendido, Arquilis, rato ha: mandas llamar a Lesbia. ¡Por mi vida, que es una mujer borracha y arriscada, y nada diestra para encomendarle primerizas! Pero, en fin, la traeré. (A los espectadores.) Notad bien la porfía de esta vejezuela, porque es su comadre de jarro. ¡Oh dioses, suplícoos le deis a ésta (aludiendo a GLICERA) esfuerzo en este parto, y a Lesbia ligar de que con otras parturientas desatine! Pero ¿qué ocurre, que veo venir a Pánfilo alterado? Temo no sea algo. Aguardaré por saber qué tristeza nos trae esta revuelta.

Escena VI

PÁNFILO, MISIS.

PÁNFILO.- ¿Es ésta acción ni empresa de hombro? ¿Este es oficio de padre?

MISIS.- (Aparte.) ¿Qué es aquello?

PÁNFILO.- ¡Fe de dioses y de hombres! ¿Y cuál es afrenta, si ésta no lo es? Si tenía determinado casarme hoy, ¿no fuera justo que lo supiera yo primero? ¿No fuera bien que lo tratara antes conmigo?

MISIS.- (Aparte.) ¡Desdichada de mí! ¿Qué escucho?

PÁNFILO ¿Y Cremes, que había dicho que no me daría su hija por mujer, ha mudado de propósito porque me ve a mí estar firme en el mío? ¿Con tanta porfía procura apartarme de Glicera? ¡Mísero de mí! ¡Si esto sucede, perdido soy sin remedio! ¿Es posible que haya hombre tan desgraciado ni tan infeliz como yo? ¡Fe de dioses y de hombres! ¿Y que de ninguna manera, he de poder yo librarme del parentesco de Cremes? ¿De cuántos modos no fui yo despreciado, desechado, después de todo hecho y concertado? ¿Otra vez, después de repudiado, me tornan a pedir? ¿A qué fin, si no es lo que sospecho, que ellos crían algún culebrón, y como no le pueden encajar a nadie acuden a mí?

MISIS.- (Aparte.) Esas palabras, ¡ay de mí!, me llenan de terror.

PÁNFILO.- Porque, ¿qué diré yo ahora de mi padre? ¡Ah!, ¿un negocio tan grave había él de tratar con tanto descuido? Díceme ahora, al pasar por la plaza: «Mira, Pánfilo, que te has de casar hoy. Prepárate: vete a casa». Pareciome que me había dicho: «Ve de presto y ahórcate». Pasmado quedé. ¿Pensáis que yo le pude responder, o darle alguna excusa, siquiera necia, o falsa, o injusta? La palabra se me heló. Porque si yo lo hubiera sabido antes... si me preguntase ahora alguno qué hiciera, algo hiciera por donde esto no hiciera. Pero ahora, ¿a qué mano me volveré primero? Tantos cuidados me cercan, que me tiran la voluntad a muchas partes: el amor, la lástima que tengo de Glicera, la congoja de este casamiento; además el empacho que tengo de desobedecer a mi padre, el cual, hasta ahora, con tanta mansedumbre me ha sufrido hacer todo lo que me ha dado gusto. ¿Y que le contradiga yo?... ¡Ay de mí! ¡No sé qué me haga!

MISIS.- (Aparte.) ¡Ay, mísera de mí! ¡Cuánto me temo que se incline a mala parte aquel no sé qué me haga!... Pero ahora conviene mucho que, o éste hable con ella, o yo le diga alguna cosa de ella; que cuando la voluntad vacila, un pelillo la arrastra a uno u otro lado.

PÁNFILO.- ¿Quién habla aquí?... ¡Salud, Misis!

MISIS.- ¡Oh, Pánfilo, salud!

PÁNFILO.- ¿Qué hace tu señora?

MISIS.- ¿Eso me preguntas? Está fatigada de sus dolores, y afligida la cuitada de ver que para hoy está concertado días ha tu casamiento. Teme que la desampares.

PÁNFILO.- ¡Cómo! ¿Podría yo intentar tal cosa? ¿He yo de consentir que la infeliz quede por mi engañada, habiendo ella confiado de mí su corazón y vida, y habiéndola yo tenido en mi corazón en cuenta de mujer propia? ¿He de permitir que su buena inclinación, enseñada y criada bien y castamente, se tuerza ahora constreñida de necesidad? No haré tal cosa.

MISIS.- Bien cierta estoy, si estuviese en sola tu mano; pero temo que no podrás resistir.

PÁNFILO.- ¿Por tan follón me tienes, o por tan desagradecido o cruel o brutal, que ni la conversación, ni el amor, ni la vergüenza me mueva ni exhorte a que le guarde la fe?

MISIS.- Esto, a lo menos, sé que ha merecido: que te acuerdes de ella.

PÁNFILO.- ¿Que me acuerde? ¡Oh Misis, Misis, aún tengo escritas en el alma aquellas palabras que Crisis me dijo de Glicera estando ya casi muriéndose! Llamome, acerqueme; os salisteis vosotras, quedámonos solos; comiénzame a decir: «Amigo Pánfilo, bien ves el rostro y pocos años de ésta, y también entiendes cuán contrarias le son ambas cosas para conservar su honestidad y su hacienda. Suplícote, pues, por esta tu mano derecha y por tu noble condición; por tu fe y por la soledad de ésta te encargo que no la apartes de ti ni la desampares, pues ves que siempre te he amado como a mi hermano propio, y que ésta a ti solo siempre te ha tenido en mucho y en todas las cosas te ha sido obediente. Yo te le doy por marido, por amigo, por tutor, por padre; estos nuestros bienes a ti te los entrego y a tu fidelidad los encomiendo». Dámela entonces por la mano y tómale luego la muerte. Yo me encargué de ella; y pues me encargué, yo la conservaré.

MISIS.- Así lo espero, ciertamente.

PÁNFILO.- Pero ¿por qué la dejas sola?

MISIS- Voy a llamar a la partera.

PÁNFILO.- Corre; y, mira, del casamiento, ni palabra: no sea que su mal...

MISIS.- Entiendo.

Acto II

Escena I

CARINO, BIRRIA.

CARINO.- ¿Qué me dices, Birria? ¿Es posible que Pánfilo se case hoy con Filomena?

BIRRIA.- Sí.

CARINO.- ¿Cómo lo sabes?

BIRRIA.- Davo me lo dijo poco ha en la plaza.

CARINO.- ¡Oh, desdichado de mí! Que así como mi alma ha estado hasta aquí suspensa entre el temor y la esperanza, así después de perdida la esperanza, tras el cansancio y la congoja, está como pasmada.

BIRRIA.- Suplícote, Carino, por los dioses, que pues no es posible lo que tú quieres, quieras tú lo que es posible.

CARINO.- Yo no quiero más que a Filomena.

BIRRIA.- ¡Oh, cuánto mejor te sería procurar cómo despidieses ese amor de tu corazón, que hablar de cosas con que más atices en vano tu deseo!

CARINO.- Todos, cuando estamos sanos, damos fácilmente buen consejo a los enfermos. Si tú en mi lugar estuvieses, de otro modo sentirías.

BIRRIA.- Bueno, bueno; como quieras.

CARINO.- Pero allá veo a Pánfilo.

Escena II

CARINO, BIRRIA, PÁNFILO.

ARINO.- Resuelto estoy a tentarlo todo, antes de perderme.

BIRRIA.- (Aparte.) ¿Qué intenta?

CARINO.- Yo le suplicaré, yo me echaré a sus pies; le contaré mi pasión; recabaré siquiera, yo lo espero, que aplace por algunos días este casamiento. Entretanto, ¿quién sabe lo que puede suceder?

BIRRIA.- (Aparte.) Lo que puede suceder es nada entre dos platos.

CARINO.- Birria, ¿qué te parece? ¿Le hablaré?

BIRRIA.- Si a fe; porque ya que no recabes nada, entenderá que le has de poner los cuernos si con ella se casare.

CARINO.- ¡En la horca te veas, ladrón, con tus sospechas!

PÁNFILO.- A Carino veo... Estés enhorabuena.

CARINO.- ¡Oh, Pánfilo! Seas bien venido. Aquí vengo a pedirte esperanza, salud, socorro y consejo.

PÁNFILO.- Bueno estoy yo para dar consejos ni socorro. Pero, en fin, ¿qué es ello?

CARINO.- ¿Conque te casas hoy?

PÁNFILO.- Eso dicen.

CARINO.- Pánfilo, si tal haces, hoy verás el fin de mis días.

PÁNFILO.- ¿Cómo así?

CARINO.- ¡Ay de mí! ¡No me atrevo a decírtelo! Díselo tu, Birria, por tu vida.

BIRRIA.- Yo lo diré.

PÁNFILO.- ¿Qué es ello?

BIRRIA.- Este está enamorado de tu esposa.

PÁNFILO.- No tenemos, pues, el mismo gusto. Pero dime, por tu vida, Carino, ¿Has tenido algo más que eso con ella?

CARINO ¡Ah, Pánfilo! ¡Nada!

PÁNFILO.- ¡Cuánto lo quisiera!

CARINO.- Yo ahora, por nuestra amistad y por mi amor, primeramente te suplico que no te cases con ella.

PÁNFILO.- Yo te prometo procurarlo.

CARINO.- Y ya que eso no fuere posible, o si este casamiento, a ti te da gusto...

PÁNFILO.- ¿A mí gusto?

CARINO.- ...que a lo menos lo demores por algunos días, mientras yo me voy a alguna parte do mis ojos tal no vean.

PÁNFILO.- Óyeme ya, Carino: yo no tengo por hecho de hidalgo pedir uno que le agradezcan aquello en que él no merece nada. Más deseo yo librarme de este casamiento, que tú alcanzarlo.

CARINO-. La vida me has dado.

PÁNFILO.- Así, pues, si tú y tu criado Birria podéis hacer algo, hacedlo; inventad, rebuscad, procurad los medios para que te la den; que yo, de mi parte, haré por que a mí no me la den.

CARINO.- Esto me basta.

PÁNFILO.- A Davo veo a buen tiempo, en cuyo consejo estoy muy confiado.

CARINO.- (A BIRRIA.) Por cierto que tú a mí nunca me dices nada, sino lo que no me importa saber. ¿Huyes de aquí? (Amenazándole.)

BIRRIA.- ¿Yo? Sí, en verdad, y de buena gana.

Escena III

DAVO, CARINO, PÁNFILO.

DAVO.- ¡Oh, dioses buenos, y qué nuevas traigo! Pero ¿dónde hallaría yo a Pánfilo, para quitarle el miedo que tiene y henchirle el alma de contentos?

CARINO.- (A PÁNFILO). Alegre viene, no sé de qué.

PÁNFILO.- No es nada. No debe haber tenido noticia de estos males.

DAVO.- (Aparte.) El cual creo yo que, si ha entendido que está a punto su casamiento...

CARINO.- (A PÁNFILO.) ¿Oyes lo que dice?

DAVO.- ...andará desalentado buscándome por toda la ciudad. Pero ¿dónde le podré encontrar? ¿Qué rumbo tomaré?

CARINO.- (A PÁNFILO.) ¿Por qué no le hablas?

DAVO. Voyme.

PÁNFILO.- Davo, ven acá, detente.

DAVO.- ¿Quién es el que me...? ¡Oh, Pánfilo, en tu busca vengo! ¡Oh, Carino, a buen tiempo ambos; que a los dos os busco!

PÁNFILO.- Davo, perdido soy!

DAVO.- Oye lo que digo.

PÁNFILO.- ¡Muerto soy!

DAVO.- Ya sé lo que temes.

CARINO.- Mi vida realmente está en peligro.

DAVO.- También sé lo que tú...

PÁNFILO.- Mis bodas...

DAVO.- ¡Ya, ya lo sé!

PÁNFILO.- Hoy...

DAVO.- ¡Dale! ¡Si lo sé todo!... Tú temes que te casarán con ella, y tú (a CARINO) que no te casarán.

CARINO.- En el caso estás.

PÁNFILO.- Eso mismo es.

DAVO.- Pues en eso mismo no hay peligro ninguno: mírame al rostro.

PÁNFILO.- Davo, por favor, líbrame ya de estos temores.

DAVO.- Yo te libro, ¡ea! Ya Cremes no te da su hija por mujer.

PÁNFILO.- ¿Cómo lo sabes?

DAVO.- Yo lo sé. Tu padre habló conmigo a solas poco ha, y me dijo que te había de casar hoy, con otras muchas cosas que ahora no hay tiempo de contarte. Yo me fui corriendo en seguida hacia la plaza, para llevarte esta noticia. Como no te hallé, súbome luego en un lugar alto; miro a la redonda; no parecías. Por casualidad topeme allí con Birria; pregúntole por ti; díceme que no te había visto. ¡Por vida...! Póngome a pensar qué haría. En esto, al volver, cruza por mi magín una sospecha. ¡Cómo! -me digo- ¡tan poco gasto!... el padre triste... las bodas tan de presto... ¡Esto no pega!

PÁNFILO.- ¿Y a qué viene todo eso?

DAVO.- Voyme luego a casa de Cremes; cuando llego no veo a nadie a la puerta. Holgueme de ello.

CARINO.- Bien dices.

PÁNFILO.- Prosigue.

DAVO.- Párome allí, y no veo entrar a nadie ni salir a nadie, ni a ninguna mujer. En la casa, nada de preparativos ni bullicio. Allegueme, miré adentro...

PÁNFILO.- Buenas señales son esas.

DAVO.- ¿Te parece a ti que estas son señales de boda?

PÁNFILO.- Pienso que no.

DAVO.- «¿Pienso que», me dices? ¡Bah!, no lo entiendes. La cosa está bien clara. Además: viniendo de allí topé al criado de Cremes, que llevaba seis maravedís de verdura y pescadillos menudos para cena del viejo.

CARINO.- ¡Davo, tú eres hoy mi salvador!

DAVO.- No hay nada de eso.

CARINO.- ¿Cómo no, pues es cosa cierta que no se la da a éste?

DAVO.- ¡Donosa necedad! ¡Como si se siguiese de necesidad que no dándola a éste te la han de dar a ti, si no lo procuras; si con ruegos y dádivas no pones por terceros los amigos del viejo!

CARINO.- Bien me aconsejas. Iré; aunque esta esperanza ya me ha burlado muchas veces. Adiós.

Escena IV

PÁNFILO, DAVO.

PÁNFILO.- ¿Qué pretende, pues, mi padre? ¿A qué propósito finge...?

DAVO.- Yo te lo diré. Si él te riñese ahora porque Cremes no te da la hija, pareceríale que a sí mismo se hace agravio, y con razón, hasta entender cómo sea tu voluntad en este casamiento; pero si tú le dices que no quieres casarte, toda la culpa te cargará entonces a ti, y allí serán las riñas.

PÁNFILO.- A todo me pondré.

DAVO.- Mira, Pánfilo, que es tu padre, y es fuerte cosa eso. Además, esa mujer está sola. En sus dichos o en sus hechos hallará tu padre algún pretexto por donde la haga desterrar de la ciudad.

PÁNFILO.- ¿Desterrar?

DAVO.- Y pronto.

PÁNFILO.- Dime, pues, Davo, ¿qué tengo de hacer?

DAVO.- Dile que te casarás.

PÁNFILO.- ¿Cómo?

DAVO.- ¿Qué es?

PÁNFILO.- ¿Que yo le diga...?

DAVO.- ¿Por qué no?

PÁNFILO.- ¡Eso, jamás!

DAVO.- Haz lo que te digo.

PÁNFILO.- No me des tal consejo.

DAVO.- Mira lo que de ello redundará.

PÁNFILO.- Apartarme de aquélla y encerrarme con esta otra.

DAVO.- Nada de eso. Yo creo que tu padre te dirá de esta manera: «Hijo, yo quiero que hoy te cases». Tú le responderás: «Me casaré, padre». Dime, ¿cómo podrá reñir contigo? Todos los consejos que él tiene por muy ciertos, sin peligro ninguno se los tornarás inciertos, pues es cosa llana que Cremes no te da su hija. Y tú no dejes por eso de ir a casa de Glicera, porque no mude Cremes de propósito. Y a tu padre dile que huelgas de casarte, para que, aunque quiera, no pueda enojarse contigo con razón. Porque eso en que tú fundas tu esperanza, fácil es de refutar: «No habrá -dices- quien quiera casar su hija con hombre de tales costumbres». Y yo te digo que tu padre más querrá casarte con una mujer pobre, que dejarte perder de esa manera. Pero si él entiende que tomas estas bodas con paciencia, se descuidará, se pondrá muy despacio a buscarte otra; entretanto, Dios hará merced.

PÁNFILO.- ¿Eso te parece?

DAVO.- No hay que dudar en ello.

PÁNFILO.- Mira en lo que me pones.

DAVO.- ¿Quieres callar?

PÁNFILO.- Bueno: le diré que sí. Pero mira no sepa mi padre que he tenido un hijo de ella, porque he prometido criarle.

DAVO.- ¡Qué locura!

PÁNFILO:- Rogome Glicera que le diese esta palabra como prenda de que no la dejaría.

DAVO.- Se procurará. Pero... cata que viene tu padre. Mira que no conozca que estás triste.

Escena V

SIMÓN, DAVO, PÁNFILO.

SIMÓN.- (Aparte.) A ver vuelvo en qué entienden o qué consejo toman.

DAVO.- (A PÁNFILO.) Este por cosa llana tiene que has de decir que no quieres casarte. Viene muy apercibido de algún lugar solitario; piensa que trae ya trazado algún razonamiento con que te confunda. Por tanto, tú mira que estés muy en ti.

PÁNFILO.- Todo cuanto pueda, Davo.

DAVO.- Fía de mí, te digo, Pánfilo, que tu padre no atravesará hoy contigo una palabra, si le dices que te casarás.

Escena VI

BIRRIA, SIMÓN, DAVO, PÁNFILO.

SIMÓN.- (Aparte.) Mi amo me mandó que, dejando otros negocios, siguiese hoy de cerca a Pánfilo, para ver qué determinaba de este casamiento. Por eso vengo aquí tras él. Allá le veo con Davo: manos a la obra.

SIMÓN.- (Aparte.) Aquí están los dos.

DAVO.- (A PÁNFILO.) ¡Ea, ten cuenta!

SIMÓN.- ¡Pánfilo!

DAVO- (A PÁNFILO.) Vuélvete hacia él como sorprendido.

PÁNFILO- ¡Ah, padre mío!

DAVO.- (A PÁNFILO.) ¡Muy bien!

SIMÓN.- Como ya te he dicho, quiero que hoy te cases.

BIRRA.- (Aparte.) Nuestro bien o nuestro mal está ahora en lo que éste respondiere.

PÁNFILO.- Ni en eso ni en nada hallarás en mí resistencia, padre mío.

BIRRIA.- (Aparte.) ¡Ah!...

DAVO.- (A PÁNFILO.) Mudo quedó.

BIRRIA.- (Aparte.) ¿Qué dijo?

SIMÓN.- Haces lo que debes, pues me otorgas con amor lo que te pido.

DAVO.- (A PÁNFILO.) ¿No te decía yo...?

BIRRIA.- (Aparte.) Mi amo, a lo que entiendo, se ha quedado sin mujer.

SIMÓN.- Ve, pues, a casa ya, porque no nos hagas detener cuando fueres necesario.

PÁNFILO.- Voyme.

BIRRIA.- (Aparte.) ¡Que no haya un hombre de quien fiar en cosa alguna! Verdadero es aquel refrán que dice; «Todos quieren más para sus dientes, que no para sus parientes». Yo vi a esa moza, y me acuerdo que la vi doncella de buen rostro; y así no me maravilla que Pánfilo haya querido más abrazarse con ella entre sueños, que no que Carino la abrazase. Vamos con estas buenas nuevas a mi amo; que en pago no me dará malas albricias.

Escena VII

DAVO, SIMÓN.

DAVO.- (Aparte y señalando a SIMÓN.) Este piensa ahora que, yo le traigo algún engaño y que por esto me he quedado aquí.

SIMÓN.- ¿Qué cuenta Davo?

DAVO.- Nada por ahora.

SIMÓN.- Con que nada, ¿eh?

DAVO.- Ninguna cosa.

SIMÓN.- Pues yo esperaba que sí.

DAVO.- (Aparte.) Hale burlado su esperanza, ya lo veo: esto le da pena al hombre.

SIMÓN.- ¿Podrías decirme, Davo, la verdad?

DAVO.- Nada más fácil.

SIMÓN.- ¿Siente por ventura mucho mi hijo este casamiento, por los amores que tiene con esta forastera?

DAVO.- No en verdad, o cuando mucho será pena de dos o de tres días, ¿entiéndesete? Que después él la dejará. Porque él mismo ha considerado ya entre sí este caso con buen uso de razón.

SIMÓN.- Bien está.

DAVO.- Mientras le fue lícito, y mientras dieron lugar sus años para ello, tuvo amiga, y esto con mucho secreto, procurando siempre no le fuese afrenta, como lo han de hacer los hombres de su pro. Ahora que es menester que tome esposa, sólo piensa en casarse.

SIMÓN.- Algo triste me pareció que estaba.

DAVO.- No por eso; sino que tiene de ti no sé qué queja.

SIMÓN.- ¿De qué?

DAVO.- De una niñería.

SIMÓN.- ¿Qué es ello?

DAVO.- ¡Si no es nada!

SIMÓN.- Acaba ya de decir lo que es.

DAVO.- Dice que haces muy corto gasto.

SIMÓN.- ¿Yo?

DAVO.- Tú. Apenas ha hecho, dice, de gasto diez reales. ¿Esto le parece que es casar un hijo? ¿A quién de mis amigos, dice, osaré ahora traer a mis bodas convidado? Y a la verdad, aquí, inter nos, me parece que has estado muy tacaño. Yo no lo apruebo.

SIMÓN.- Cállate.

DAVO.- (Aparte.) Picole.

SIMÓN.- Yo veré de que todo se haga como cumple. (Aparte.) ¿Qué enredo será éste? ¿Qué pretenderá el bellaco? Porque, si aquí hay alguna trampa, éste es en ella el tramoyista.

Acto III

Escena I

MISIS, SIMÓN, DAVO, LESBIA.

MISIS.-   (A LESBIA.) Por mi vida, que tienes razón, Lesbia, en lo que has dicho; apenas hallarás un hombre fiel a una mujer.

SIMÓN.-   (A DAVO.) ¿De casa de la Andriana es esta moza, eh, Davo?

DAVO.- Sí.

MISIS.- (A LESBIA.) Pero nuestro Pánfilo...

SIMÓN.- ¿Qué dice?

MISIS.- ...dio una prenda de su fidelidad...;

SIMÓN.- (Sobresaltado.) ¿Eh?

DAVO.-   (Aparte.) ¡Que no se tornase éste sordo o ella muda!

MISIS.- ...porque ha mandado criar lo que naciere.

SIMÓN.-   ¡Oh, Júpiter! ¿Qué escucho? Perdido soy, si ésta dice verdad.

LESBIA.- Por lo que me cuentas, de buena condición es el mancebo.

MISIS.- Excelente. Pero entremos, no sea que lleguemos tarde.

LESBIA.- Ya te sigo.

Escena II

DAVO, SIMÓN, GLICERA.

DAVO.- (Aparte.) ¿Qué remedio encontraré yo ahora en semejante aprieto?

SIMÓN.- ¿Qué es esto, Cielos! ¿Tan loco está...? ¿De una forastera...? ¡Ah, ya entiendo! ¡Necio de mí, que apenas había dado en la cuenta!

DAVO.- (Aparte.) ¿Qué cuenta será esa que dice?

SIMÓN.- Primer enredo que éste me urde: fingen un parto, para espantar a Cremes.

GLICERA.- (Dentro de su casa.) ¡Juno Lucina, acúdeme, ampárame, por favor!

SIMÓN.- ¡Hola, hola! ¡Y cuán presto! ¡Donosa invención! Después que le han dicho que yo estaba a la puerta, se da prisa. ¡Mal repartidas tienes las escenas, Davo amigo!

DAVO.- ¿Yoo?

SIMÓN- ¿Olvidaron, por ventura, tus actores el papel?

DAVO.- Yo no sé lo que te dices.

SIMÓN.- Si éste me hubiera cogido en bodas verdaderas desapercibido, ¡qué burla me hubiera hecho! Ahora a su riesgo lo hace; que yo en puerto navego.

Escena III

LESBIA, SIMÓN, DAVO.

LESBIA.- Hasta ahora, Arquilis, todas las señales que suele haber, y convienen para la salud, todas veo que las tiene esta parida. Ahora, cuanto a lo primero, haced que se lave; después dadle de beber lo que mandé, y cuanto he ordenado: que luego yo daré una vuelta por acá. (Aparte.) En buena fe que le ha nacido a Pánfilo un hijo muy hermoso. Los dioses lo dejen lograr, pues Pánfilo es de tan buena entraña, y no ha querido hacerle agravio a esta honrada moza.

Escena IV

SIMÓN, DAVO.

SIMÓN.- Esto a lo menos, ¿quién que te conozca, no creerá que nace de ti?

DAVO.- ¿Pues qué es ello?

SIMÓN.- No les mandaba allá dentro lo que se le había de hacer a la parida, sino que, después de salir afuera, les grita desde la calle a los que están dentro. ¡Oh Davo! ¿Y en tan poco me tienes, o tan aparejado te parezco, para que tan a la descubierta emprendas de engañarme? Hiciéraslo a lo menos con tal recato, que pareciera que tenías temor de que yo lo supiese.

DAVO.- (Aparte.) Realmente que ahora éste se engaña a sí mismo, que no le engaño yo.

SIMÓN.- ¿No te lo previne? ¿No te amenacé, si lo hacías? ¿Hasme temido? ¿Qué me aprovechó el mandarlo? ¿Cómo he de creer yo de ti que ésta ha parido de Pánfilo?

DAVO.- (Aparte.) Ya sé por dónde yerra, y lo que tengo de hacer.

SIMÓN.- ¿Por qué callas?

DAVO.- ¿Qué has de creer? ¡Como si ya no te hubiesen avisado que esto había de suceder de esta manera!

SIMÓN.- ¿A mí? ¿Quién?

DAVO.- ¡Bah! ¡Si querrás hacerme creer que tú solo has descubierto esta farsa!

SIMÓN.- Burlándose está de mí.

DAVO.- A ti alguno te lo ha dicho, porque si no, ¿cómo hubieras tú tenido esta sospecha?

SIMÓN.- ¿Cómo? Porque sé quién eres tú.

DAVO.- Eso es como decirme que yo soy el tramoyista.

SIMÓN.- Y lo sé de cierto.

DAVO.- Aún no conoces bien quién soy, Simón.

SIMÓN.- ¿Qué yo no te...?

DAVO.- Sino que, si comienzo a contarte algo, al punto crees que te estoy engañando...

SIMÓN.- (Irónico.) Y no hay tal.

DAVO.- Y así realmente que no oso ya chistar.

SIMÓN.- Esto sólo sé: que aquí nadie ha parido.

DAVO.- Acertaste. Pues verás, con todo esto, cómo antes de mucho rato te traen el muchacho aquí delante de la puerta. Yo, señor, desde luego te aviso que lo han de hacer así; para que lo sepas, y no me digas después que son consejos ni trazas de Davo. Yo tengo empeño en que deseches esa mala opinión que de mí tienes.

SIMÓN.- ¿Cómo lo sabes tú eso?

DAVO.- Helo oído y lo creo. Ofrécenseme a una muchas cosas de que hago yo esta conjetura. Cuanto a lo primero, ésta ha dicho que estaba de Pánfilo preñada: ha salido mentira. Hoy, al ver que se aparejan ya las bodas en casa, ha enviado a toda prisa la criada con encargo de llamar a la partera y de traerse juntamente un niño. Porque, si no te dan con el niño en las narices, el casamiento no se estorba.

SIMÓN.- ¿Qué me dices? Cuando entendiste que tomaban ese medio, ¿por qué no se lo dijiste luego a Pánfilo?

DAVO.- ¿Pues quién le ha apartado de ella, sino yo? Porque bien sabemos todos cuán grande afición le haya tenido. Ahora ya desea casarse. Finalmente, esto déjamelo tú a mi cargo. Y pasa adelante, como lo haces, en tratar del casamiento; que yo confío que los dioses nos favorecerán.

SIMÓN.- Vete, pues, tú allá dentro, y espérame allá, y prepara todo lo necesario.

Escena V

SIMÓN, solo.

SIMÓN.- Este no me ha inducido aún a darle entero crédito; así que no sé si será verdad todo lo que me ha dicho... Pero me importa poco. Lo que yo más precio es la palabra que me dio mi mismo hijo. Ahora, yo me veré con Cremes, y le pediré la mano de su hija para Pánfilo. Si lo recabo, ¿qué más quisiera yo que hacer hoy este casamiento? Porque en lo que mi hijo me ha ofrecido, llana cosa es que le podré obligar con razón, si se me volviere atrás. Y a propósito, aquí viene Cremes.

Escena VI

SIMÓN, CREMES.

SIMÓN.- ¡Salud, Cremes!

CREMES.- ¡Hola! Precisamente te buscaba.

SIMÓN.- Y yo a ti.

CREMES.- A muy buen punto te he topado. Ciertas gentes me han dicho que han entendido de ti que mi hija se casa hoy con tu hijo, y así vengo a ver si estás tú loco, o si lo están ellos.

SIMÓN.- Óyeme, y en breves razones sabrás lo que yo te quiero y lo que tú preguntas.

CREMES.- Ya te oigo: di lo que quisieres.

SIMÓN.- Suplícote, Cremes, por los dioses y por nuestra amistad, la cual comenzando desde la niñez, ha crecido siempre con los años, y por una sola hija que tienes, y por mi hijo, cuyo total remedio está en tu mano, que me favorezcas en esta ocasión, y que el casamiento se haga, como estaba tratado.

CREMES.- No uses conmigo de ruegos, pues para recabar eso de mí, no son menester. ¿Piensas que soy otro del que era los días pasados cuando te la daba? Si cosa es que a los dos conviene, manda por la moza; pero si en ello hay para los dos más daño que provecho, te ruego que lo mires bien por ambos, como si ella fuese tu hija y yo padre de Pánfilo.

SIMÓN.- Eso es precisamente lo que quiero, Cremes, y eso te suplico que se haga. Ni yo te lo pediría si el caso mismo no lo aconsejase.

CREMES.- ¿Y qué es ello?

SIMÓN.- Entre mi hijo y Glicera hay muchos enojos.

CREMES.- Óigolo.

SIMÓN.- Tan grandes, que confío que se le podremos arrancar.

CREMES.- ¡Bah, cuentos!

SIMÓN.- Realmente pasa así.

CREMES.- Lo que pasa en realidad es lo que te voy a decir: que las riñas de los enamorados son nuevo refresco del amor.

SIMÓN.- ¡Oh!, yo te ruego que lo prevengamos todo ahora que es sazón, mientras su apetito está con las palabras injuriosas embotado, antes que las maldades de éstas y sus lágrimas fingidas con engaños muevan a compasión la enferma voluntad. Casémosle: que yo confío que él, enamorado del buen trato y ahidalgada compañía de tu hija, se desligará desde hoy muy fácilmente de estos males.

CREMES.- Eso te parece a ti; pero yo creo que ni él podrá unirse para siempre con mi hija, ni menos yo sufrirlo.

SIMÓN.- ¿Y cómo lo sabes tú, sin hacer la prueba?

CREMES.- Fuerte cosa es hacer en la hija propia semejante experiencias.

SIMÓN.- Todo el inconveniente se reduce, en fin, a esto: a que venga. ¡Lo que los dioses no permitan! El divorcio. Pero si Pánfilo se enmienda, mira qué de bienes: primeramente restituirás un hijo a tu amigo; para ti hallarás un yerno seguro y para tu hija marido.

CREMES.- No gastes razones: si te parece que eso es cosa que conviene, no quiero yo que por mí se estorbe tu provecho.

SIMÓN.- ¡Con razón te he querido siempre mucho, Cremes!

CREMES.- Pero, ¿qué me dices...?

SIMÓN.- ¿De qué?

CREMES.- ¿Cómo sabes que ellos están ahora discordes entre sí?

SIMÓN.- Davo, que es su secretario, me lo ha dicho; y él me incita a apresurar cuanto pueda el casamiento. ¿Piensas tú que lo haría él, si no supiese que es del gusto de mi hijo? Tú mismo lo oirás de su boca. (A sus esclavos.) ¡Hola!, que venga Davo. Pero hele aquí; ya le veo salir.

Escena VII

DAVO, SIMÓN, CREMES.

DAVO.- A buscarte iba.

SIMÓN.- ¿Qué hay de nuevo?

DAVO.- ¿Por qué no haces traer la mujer? Cata que se hace tarde.

SIMÓN.- (A CREMES.) ¿Oyes lo que dice? Yo, Davo, he andado rato ha con recelo de ti, no hicieses lo que suelen los criados de ordinario y me urdieses algún engaño por los amores de mi hijo.

DAVO.- ¿Yo había de hacer eso?

SIMÓN.- Creílo; y así, recelándome de esto, os encubrí lo que ahora te diré.

DAVO.- ¿Qué?

SIMÓN.- Vas a saberlo; porque ya, casi, casi, me fío de ti.

DAVO.- ¡Al fin me has conocido!

SIMÓN.- Este casamiento no era de veras.

DAVO.- ¿Qué...? ¿Que no...?

SIMÓN.- Sino que lo había fingido por probaros.

DAVO.- ¿Es posible?

SIMÓN.- Como lo oyes.

DAVO.- ¡Mira, mira! ¡Nunca yo he podido dar en esa cuenta! ¡Oh, qué consejo tan sagaz!

SIMÓN.- Escucha. Después que te mandé entrar en casa, topeme aquí a muy buen punto con Cremes...

DAVO.- (Aparte.) ¡Ah!, ¿estamos, por acaso, perdidos?

SIMÓN.- Y hele contado lo que tú me dijiste rato ha.

DAVO.- (Aparte.) ¿Qué oigo?

SIMÓN.- Hele rogado que me dé su hija, y, aunque con dificultad, hámela otorgado.

DAVO.- (Aparte.) ¡Muerto soy!

SIMÓN.- ¿Qué has dicho?

DAVO.- Que está muy bien hecho.

SIMÓN.- Ya, por lo que toca a Cremes, no hay que detenernos.

CREMES.- Ahora voy a casa; les diré que se aderecen, y luego soy aquí con la respuesta.

Escena VIII

SIMÓN, DAVO.

SIMÓN.- Ahora, Davo, yo te suplico que, pues tú solo me has concertado este casamiento...

DAVO.- (Increpándose.) ¡Sí a fe, yo solo!

SIMÓN.- ...procures que mi hijo vuelva al buen camino.

DAVO.- Lo haré, yo te lo juro, con mucha diligencia.

SIMÓN.- Puedes aprovechar estos momentos en que tiene el ánimo irritado.

DAVO.- Descuida.

SIMÓN.- Dime, pues, ¿dónde está él ahora?

DAVO.- ¡Milagro será que no esté en casa!

SIMÓN.- Yo me voy a buscarle y a decirle lo mismo que te he dicho.

Escena IX

 DAVO, solo.

DAVO.- ¡Perdido soy!... ¿Qué excusa tengo para no ir de vuelo a la tahona? No hay lugar de ruegos. Ya lo he revuelto todo: a mi amo he engañado; he enredado en bodas al hijo de mi amo; he hecho que se hiciesen hoy, sin esperarlo el viejo y a pesar de Pánfilo. ¡Oh, astucias! ¡Que si yo me hubiera estado quedo, no hubiera mal ninguno! Pero aquí viene. ¡Muerto soy! ¡Oh!, si hubiera aquí una sima donde despeñarme!...

Escena X

PÁNFILO, DAVO.

PÁNFILO.- ¿Qué es de aquel malvado que me ha echado a perder?

DAVO.- (Aparte.) ¡Muerto soy!

PÁNFILO.- Yo confieso que con razón me ha sucedido este mal, pues soy tan follón y de tan poco consejo. ¿Yo había de confiar todo mi bien de un vil esclavo? ¡Yo tengo, pues, el pago de mi necedad; pero él no se me irá con ella!

DAVO.- (Aparte.) Bien sé que después estaré libre, si de este primer encuentro me escapo.

PÁNFILO.- ¿Qué le diré, pues, ahora yo a mi padre? ¿Le diré que no quiero casarme, habiéndole prometido antes que sí? ¿Qué osadía tendré para hacerlo? ¡No sé realmente qué me haga de mí mismo!

DAVO.- (Aparte.) Ni menos yo de mí, aunque lo procuro mucho. Decirle he que buscaré algún medio, por poner siquiera alguna dilación en este mal.

PÁNFILO.- (Con enojo.) ¡Hola!...

DAVO.- (Bajo.) ¡Me ha visto!

PÁNFILO.- ¡Ven acá, hombre de bien!... ¿Qué te parece...? ¿Ves en qué lío estoy ¡pobre de mí!, con tus buenos consejos?

DAVO.- Yo te desliaré.

PÁNFILO.- ¿Que tú me desliarás?

DAVO.- Sí, Pánfilo.

PÁNFILO.- ¡Como antes!

DAVO.- No; sino mucho mejor, según confío.

PÁNFILO.- ¡Ah, ladrón! ¿Y de ti he de confiar yo ya cosa ninguna? ¿Tú bastarás a volver en su estarlo un negocio tan revuelto y tan perdido? ¡Mira de quién me fío yo! ¡De quien de un negocio muy pacífico y quieto me ha enlazado hoy en casamiento! ¿No te dije yo lo que sucedería?

DAVO.- Sí.

PÁNFILO.- ¿Qué merecías tú aflora?

DAVO.- La horca. Pero déjame volver un poco en mí; que yo miraré algún remedio.

PÁNFILO.- ¡Ay de mí! ¿Por qué no tengo lugar para darte el castigo que deseo? Que esta coyuntura más me obliga a que mire por mí, que no a que me vengue de ti.

Acto IV

Escena I

CARINO, PÁNFILO, DAVO.

CARINO.- (Aparte.) ¿Es esto cosa de creer, ni de decir? ¿Que haya gentes de tan malas entrañas, que hallen gusto en hacer mal y en procurar el daño ajeno por buscar provechos para sí? ¡Ah!, ¿es esto posible? Pues existe realmente una casta de hombres que para decir un «no», tienen un poco de empacho; pero cuando viene el tiempo de cumplir lo prometido, entonces forzosamente se descubren y temen, y la necesidad les fuerza a volverse atrás de su palabra. Entonces les oiréis decir sin pizca de pudor: «¿Quién eres tú? ¿Qué tengo yo que ver contigo? ¿Que yo te ceda a ti mi...? ¡Bah!, mi pariente más próximo soy yo mismo». Y si les preguntáis qué fue de su palabra, ¡como si no!... ¡no tienen ni asomo de vergüenza! Aquí, donde era menester, no tienen reparo, y tiénenlo acullá, donde no es menester. ¿Pero qué haré? ¿Iré a buscarle, para pedirle cuenta de este agravio y acabarle a pesadumbres? Pero dirame alguno: ¿De qué te servirá? De mucho. Porque a lo menos le daré pena, y yo quebraré mi enojo.

PÁNFILO.- Carino, ambos estamos perdidos por mi imprudencia, si los dioses no nos dan algún remedio.

CARINO.- ¿Conque por tu imprudencia? Presto has hallado la excusa. ¡Bien me has tenido la palabra!

PÁNFILO.- ¿Pues qué...?

CARINO.- ¿Aún piensas engañarme con esas disculpas?

PÁNFILO.- ¿Qué es ello?

CARINO - Después que yo te dije que la quería mucho, te ha caído en gusto. ¡Ah, desdichado de mí, que juzgué tu corazón por el mío!

PÁNFILO.- Muy equivocado estás.

CARINO.- ¿Te pareció que no sería colmada tu ventura sin cebar al pobre enamorado y entretenerle con falsas esperanzas? (En tono de amarga concesión.) ¡Cásate!

PÁNFILO.- ¿Que me case? ¡Ah, no sabes bien en cuán grandes males estoy puesto, cuitado de mí, y cuán grandes congojas me ha causado con sus consejos éste mi verdugo! (Señalando a DAVO.)

CARINO.- ¿Qué maravilla, pues toma de ti ejemplo?

PÁNFILO.- No dirías eso si conocieses bien mi corazón y mi voluntad.

CARINO.- (Con ironía.) ¡Ya sé que no ha mucho que altercaste con tu padre, y que por eso está enojado contigo y no te ha podido obligar hoy a que con ella te casases!

PÁNFILO.- Antes te hago saber, para que mejor entiendas mis trabajos, que estas bodas no se aparejaban para mí, ni pensaba nadie ahora en darme a mi mujer.

CARINO.- Ya sé que te dejaste obligar... de tu propia voluntad. (Quiere irse y PÁNFILO le detiene.)

PÁNFILO.- Espera; que aún no sabes...

CARINO.- Ya sé que te has de casar con ella.

PÁNFILO.- ¿Por qué me matas? Escucha esto. No paró de instarme; no cesó de aconsejarme y de rogarme que le dijese a mi padre que me casaría, hasta tanto que me indujo.

CARINO.- ¿Quién hizo eso?

PÁNFILO.- Davo.

CARINO.- ¿Davo?

PÁNFILO.- Él lo revuelve todo.

CARINO.- ¿Por qué?

PÁNFILO.- No lo sé: sino que sé que los dioses estaban airados contra mí, pues le di oídos.

CARINO.- ¿Es verdad esto, Davo?

DAVO.- Verdad.

CARINO.- ¡Ah!, ¿qué dices, malvado? Los dioses te den el castigo que merecen tales hechos. Dime: si todos sus enemigos le quisieran ver a éste enredado en casamiento, ¿qué otro consejo le dieran, sino ese?

DAVO.- Errela: pero aún no me doy por vencido.

CARINO.- Harto lo sé.

DAVO.- ¿No nos ha ido bien por aquí? Emprenderémosla por otra vía. Si ya no es que pienses que por habernos al principio sucedido mal, no se nos puede ya trocar el mal en bien.

PÁNFILO.- Al contrario: Yo creo que si te desvelas, de un casamiento harasme dos.

DAVO.- Yo, Pánfilo, esto te debo por razón de ser tu siervo: procurar, de pies y manos, de día y de noche, tu provecho con riesgo de mi vida. Lo que a ti te toca, es perdonarme, si algo sucede al revés de mi esperanza. ¿No sale bien lo que hago? A lo menos hágolo con diligencia: si no, busca tú mejor remedio y no hagas caso de mí.

PÁNFILO.- Eso quiero: tórname al punto en que me tomaste.

DAVO.- Sí haré.

PÁNFILO.- ¡Pero de presto!

DAVO.- ¡Chist!... quieto; que ha sonado la puerta de Glicera!

Escena II

MISIS, PÁNFILO, CARINO, DAVO.

MISIS.- (Saliendo de casa de GLICERA, y hablando con ésta.) Doquiera que estuviere, yo procuraré hallarle en seguida, y traérmele conmigo a tu querido Pánfilo. Sólo tú, alma mía, no te me fatigues.

PÁNFILO.- ¿Qué es eso, Misis?

MISIS.- ¡Ah, Pánfilo! A buen tiempo te topo.

PÁNFILO.- ¿Qué hay?

MISIS.- Mi señora me ha mandado que te suplique te llegues a verla, si la quieres bien; porque dice que está con gran deseo de verte.

PÁNFILO.- Perdido soy; este mal se refresca. (A DAVO.) ¡Y que por tu causa ella y yo, cuitados; hayamos de estar en tal congoja! Porque ella me envía a llamar por haber entendido que se aparejan ya mis bodas.

CARINO.- Las cuales bien quedas se estallan, si éste. (Señalando a DAVO.) Lo estuviera.

DAVO.- ¡Así, así! Por si él de suyo no se está harto loco, atizale tú más.

MISIS.- (A PÁNFILO.) Esa es, en verdad, la causa; y eso es lo que tiene afligida a la cuitada.

PÁNFILO.- Misis, yo te hago juramento, por todos los dioses, de jamás desampararla, aunque sepa romper por esa razón con todo el mundo. Esta he deseado; hela alcanzado; cuádranme sus costumbres; vayan con Dios los que quieren hacer divorcio entre nosotros. Porque otra que la muerte no me ha de apartar de ella.

CAMINO.- ¡Respiro!

PÁNFILO.- Esto es tan cierto como el Oráculo de Apolo. Si ello se pudiere hacer de manera que mi padre no entienda que por mí ha dejado de celebrarse el casamiento, bien está. Pero si no fuere posible, correré hasta el riesgo de que entienda haber quedado por mí. (A CARINO.) ¿Qué tal te parezco?

CARINO.- Tan desdichado como yo.

DAVO.- Yo trazo un buen medio.

CARINO.- Hombre eres de valor.

PÁNFILO.- (A DAVO con desdén.) Ya ¡proyectos…!

DAVO.- Yo te lo daré en verdad puesto por obra.

PÁNFILO.- Pues eso es menester.

DAVO.- Pues ya lo tengo.

CARINO.- ¿Qué es ello?

DAVO.- (A CARINO.) Para éste lo tengo, no para ti. No vale equivocarse.

CARINO.- Bástame eso.

PÁNFILO.- ¿Qué vas a hacer, dime?

DAVO.- Todo el día temo que no me bastará para ponerlo por obra. Por eso no pienses que estoy tan despacio ahora, para haberlo de contar. Por tanto, idos vosotros de aquí; que me estáis estorbando.

PÁNFILO.- Yo voy a ver a Glicera.

DAVO.- ¿Y tú? ¿Adónde te vas tú?

CARINO.- ¿Quieres que te diga la verdad?

DAVO.- ¡Vaya si lo quiero! (Aparte.) ¡Cuentecito tenemos!

CARINO.- ¿Qué será de mí?

DAVO.- Dime, desvergonzado: ¿no te basta con ese poquillo de respiro que te doy, entreteniéndole a este otro el casamiento?

CARINO.- Empero, Davo...

DAVO.- ¿Qué empero?

CARINO.- Que la goce yo.

DAVO.- ¡Donosa ocurrencia!

CARINO.- Procura venir a mi casa, si pudieres hacer algo.

DAVO.- ¿A qué he de ir, si contigo nada tengo que...

CARINO.- -Pero, si algo...

DAVO.- ¡Hala, que ya iré!

CARINO.- Si algo hubiere, en casa estaré.

Escena III

DAVO, MISIS.

DAVO.- Tú, Misis, aguárdame aquí un poco, mientras salgo.

MISIS.- ¿A qué fin?

DAVO.- Porque así cumple.

MISIS.- Pues ven presto.

DAVO.- Luego soy aquí. (Entra en casa de GLICERA.)

Escena IV

MISIS, sola.

MISIS.- ¡Oh, soberanos dioses! ¡Y que sea verdad que no hay bien que dure a nadie! ¡Parecíame a mí que este Pánfilo era el supremo bien de mi señora, amigo, enamorado, marido aparejado para todo tiempo; y ahora, mira qué disgustos tiene por él! Realmente que hay en esto más mal, que bien en lo otro. Pero Davo sale. ¡Qué es esto, amigo, por tu vida! ¿Dó vas con la criatura?

Escena V

DAVO, MISIS.

DAVO.- Misis, para lo que ahora emprendo, necesito que me tengas a punto tu memoria y astucia.

MISIS ¿Qué pretendes?

DAVO.- Toma de presto este muchacho de mis manos y ponle delante de nuestra puerta.

MISIS.- ¿Así, en el suelo? Dime.

DAVO.- Toma de ese altar unas verbenas, y pónselas debajo.

MISIS.- ¿Por qué no lo haces tú mismo?

DAVO.- Porque si fuere menester jurar a mi amo que no le he puesto, pueda jurarlo con verdad.

MISIS.- Ya entiendo: esos son escrúpulos de conciencia que te han nacido ahora. Dámele acá.

DAVO.- Date prisa: que yo te diré luego lo que voy a hacer. (Viendo a CREMES.) ¡Oh, Júpiter!

MISIS.- ¿Qué es?

DAVO.- El padre de la desposada viene. Dejo el intento que tenía primero.

MISIS.- No sé qué te dices.

DAVO.- Yo también fingiré que vengo de hacia la mano derecha. Tú procura corresponderme con tus palabras a las mías donde fuere menester.

MISIS.- Yo no te entiendo lo que haces; pero si algo hay en que tengáis necesidad de mi ayuda, o si tú más ves que yo, aguardaré, por no estorbar vuestro provecho.

Escena VI

CREMES, MISIS, DAVO.

CREMES.- (Aparte.) Vuelvo, pues he ya apercibido todo lo que era menester para las bodas de mi hija, a decirles que la traigan. Pero ¿qué es esto? (Viendo al niño.) ¡Una criatura, en verdad! ¿Hasla puesto tú, mujer?

MISIS.- (Aparte.) ¿Dónde está aquél?

CREMES.- ¿No me respondes nada?

MISIS.- (Aparte.) No parece... ¡Ay, cuitada de mí, que el hombre me dejó y se fue!

DAVO.- (Entrando.) ¡Oh, soberanos dioses, y qué de bullicio hay en la plaza! ¡Qué de gente litiga allí!... y ¡qué caro está el pan! (Aparte.) ¡No sé qué más me diga!

MISIS.- ¿Por qué, di, me has dejado aquí sola?

DAVO.- (Viendo al niño.) ¿Qué tramoya es ésta? Di, Misis, ¿de dónde es este niño, y quién le ha traído aquí?

MISIS.- Tú no debes estar bueno, pues eso me preguntas.

DAVO.- ¿A quién lo he de preguntar, pues no veo aquí a otro?

CREMES.- (Aparte.) ¡Maravillado estoy! ¿De dónde será?

DAVO.- ¿No me responderás a lo que te pregunto?

MISIS.- (Asustada.) ¡Ah!

DAVO.- (En voz baja.) Pasa a la derecha.

MISIS.- ¿Desvarías? ¿Tú mismo no le...?

DAVO.- (En voz baja.) ¡Si palabra me dices fuera de lo que te pregunto... pobre de ti!

MISIS.- ¿Amenazas?

DAVO.- ¿De dónde es? (Bajo.) Responde en alta voz, habla claro.

MISIS.- De nuestra casa.

DAVO.- ¡Ja!, ¡ja!, ¡ja! ¿Qué maravilla que una ramera haga estas desenvolturas?

CREMES.- (Aparte.) Criada de la Andriana debe ser ésta, a lo que entiendo.

DAVO.- (A MISIS.) ¿Tan aparejados os parece que somos, para que así os burléis de nosotros?

CREMES.- (Aparte.) A buen tiempo he venido.

DAVO.- ¡Quítame de presto ese niño de la puerta! (Bajo.) ¡Quieta ahí, no te muevas!

MISIS.- Los dioses te destruyan; que así me haces temblar cuitada.

DAVO.- (Alto a MISIS.) ¿Hablo contigo, o con quién?

MISIS.- ¿Qué quieres?

DAVO.- ¿Eso me preguntas? Dime: ¿cúyo es este muchacho que aquí has puesto? Acaba.

MISIS.- ¿No lo sabes tú cúyo es?

DAVO.- Deja estar lo que yo sé, y respóndeme a lo que te pregunto.

MISIS.- Vuestro.

DAVO.- ¿Cómo nuestro?

MISIS.- De Pánfilo.

DAVO.- ¿Cómo es eso? ¿De Pánfilo?

MISIS.- ¡Qué! ¿No lo es?

CREMES.- (Aparte.) Con razón he rehusado siempre yo este casamiento.

DAVO.- ¡Oh infamia!

MISIS.- ¿Por qué gritas?

DAVO.- ¿No es este el niño que yo vi traer ayer tarde a vuestra casa?

MISIS.- ¡Hombre más atrevido!...

DAVO.- Sí, que yo vi venir a Cantara con un bulto.

MISIS.- Gracias a los dioses, pues se hallaron algunas matronas honradas en el parto.

DAVO.- Pues no conoce ella bien a aquel, por quien urde todo esto. Sin duda que diría: «Si Cremes viere el niño puesto delante de la puerta, no dará su hija». ¡Pues en verdad que la dará de mejor gana!

CREMES.- (Aparte.) En verdad que tal no hará.

DAVO.- Pues porque lo sepas, si no quitas de aquí este niño, yo le echaré en mitad de la calle, y a ti con él te revolveré en el lodo.

MISIS.- ¡Bah!, ¡tú no estás bueno!

DAVO.- Un embuste de otro tira. Ya oigo susurrar que esta mujer (Aludiendo a GLICERA.) es ciudadana de Atenas.

CREMES.- (Aparte.) ¿Eh?

DAVO.- Y que las leyes le obligarán a casarse con ella.

MISIS.- ¿pues no lo es?

CREMES.- (Aparte.) En un caso de reír he dado sin pensar.

DAVO.- ¿Quién habla aquí? ¡Oh, Cremes: a tiempo llegas! Escucha.

CREMES.- Todo lo he ya oído.

DAVO- ¿Todo, todo?

CREMES.- Dígote que todo lo he oído desde el principio.

DAVO.- ¿Qué lo has oído, por tu vida? ¡Ah, cuánta maldad! Esta mujer merece un gran castigo. (A MISIS y señalando a CREMES.) Aquí tienes el señor que yo te decía. No pienses que has de jugar con Davo.

MISIS.- ¡Ay de mí, pobre! Te juro, buen anciano, que en todo dije la verdad.

CREMES.- Ya sé todo el caso. ¿Está en casa Simón?

DAVO.- Sí.

Escena VII

DAVO, MISIS.

MISIS.- (A DAVO, que quiere cogerla de la mano.) No me toques, malvado. ¡Si no le digo todo esto a Glicera!...

DAVO.- ¡Ah, necia! ¿No sabes lo que hemos hecho?

MISIS.- ¿Qué he de saber?

DAVO.- Este es el suegro. De otra manera no era posible que él supiese lo que deseábamos.

MISIS.- ¿Por qué no me avisabas?

DAVO.- ¿Piensas que hay poca diferencia de hacer una cosa como de suyo y como la naturaleza la dicta, a hacerla sobre pensado?

Escena VIII

CRITÓN, MISIS, DAVO.

CRITÓN.- (Aparte.) En esta plaza me dijeron que moraba Crisis: la que quiso más ganar aquí haciendo con infamia, que vivir en su tierra honradamente con pobreza. Sus bienes me pertenecen a mí por ley de parentesco. -Pero allá veo unos de quien podré informarme-. Estéis en buena hora.

MISIS.- Cielos, qué veo! ¿No este Critón, el primo de Crisis? Él es.

CRITÓN.- ¡Hola, Misis! ¡Salud!

MISIS.- ¡Bien venido, Critón!

CRITÓN.- ¿Conque la pobre Crisis...? ¡Ah!

MISIS.- ¡Más cuitadas nosotras, que la hemos perdido!

CRITÓN.- ¿Y vosotras? ¿Cómo lo pasáis por acá? ¿Os va bien?

MISIS.- ¿Nosotras? Según suele decirse, lo pasamos como podemos, ya que no podemos como queremos.

CRITÓN.- ¿Y Glicera? ¿Encontró al fin a sus padres?

MISIS.- Ojalá.

CRITÓN.- ¡Qué! ¿No aún? No he venido yo acá con buena estrella. Por mi vida, que si tal supiese no pusiera jamás los pies en esta tierra. Porque siempre esa muchacha ha sido tenida y reputada por hermana de Crisis; los bienes de Crisis ella los posee: y que yo, forastero, me ponga ahora a pleitear, cuán fácil y cuán provechoso me sea, por ejemplo de otros puedo verlo. Fuera de que entiendo que ella tendrá ya algún amigo y valedor; porque ya era grandecilla cuando de allá vino. Daránme la vaya, diciendo que soy un picapleitos, y que voy buscando Herencias con aire de mendigo. Además, yo no querría despojarla...

MISIS.- ¡Oh, qué hermoso corazón el tuyo! ¡El mismo eres de siempre!

CRITÓN.- Llévame a su casa: ya que estoy aquí, quiero verla.

MISIS.- De muy buena voluntad.

DAVO.- Seguirelos. No quiero que en esta sazón me vea el viejo.

Acto V

Escena I

CREMES, SIMÓN.

CREMES.- Basta, basta ya, Simón: harta experiencia has hecho ya de mi amistad; en harto peligro me he puesto; déjate de más rogarme. Por desear complacerte, casi he comprometido la felicidad de mi hija.

SIMÓN.- Antes ahora más que nunca te suplico y pido muy encarecidamente, Cremes, que la merced que poco ha me prometiste de palabra, me la cumplas ya por obra.

CREMES.- Mira cuán terrible eres con tu deseo de salir con lo que quieres, que ni adviertes el modo de la benignidad, ni qué es lo que me ruegas: porque si lo advirtieses, dejaríaste ya de fatigarme con tus injustas pretensiones.

SIMÓN.- ¿Con cuáles?

CREMES.- ¿Eso me preguntas? Forzásteme que a un chicuelo empleado en otros amores, muy ajeno de la voluntad de casarse, le diese mi hija, para discordias y tal vez para un divorcio, y que a costa de su fatiga y pena sanase yo a tu hijo. Recabástelo; emprendilo, mientras el caso lo sufrió. Ahora que no lo sufre, súfrete tú. Dicen que la moza es ciudadana y ha tenido ya un muchacho; déjanos en paz.

SIMÓN.- Por los dioses te suplico no quieras dar crédito a aquellos cuyo provecho es que mi hijo sea un perdido. Todo esto lo han fingido y emprendido por estorbar el casamiento: quitada la causa por que lo hacen, desistirán de tal empresa.

CREMES.- Engañado vives. Yo mismo vi altercar con Davo a la criada.

SIMÓN.- Ya lo sé.

CREMES.- Y con la sinceridad pintada en su rostro y antes de haber sentido ninguno de ellos mi presencia.

SIMÓN.- ¡Yo lo creo! ¡Cómo que Davo me había ya anunciado que iban a hacer esa comedia! Quise decírtelo hoy, y no sé cómo se me fue de la memoria.

Escena II

DAVO, CREMES, SIMÓN, DROMÓN.

DAVO.-   (Saliendo de casa de GLICERA, sin ver a SIMÓN ni a CREMES.) Ya podéis estar tranquilas...

CREMES.- (A SIMÓN.) Cátate allí a Davo.

SIMÓN.- ¿De dó sale?

DAVO.- (Continuando.) ...con mi favor y con el del forastero.

SIMÓN.-   (Aparte.) ¿Qué nueva calamidad es ella?

DAVO.-   (Continuando.) Yo no he visto hombre, ni venida, ni sazón más a propósito.

SIMÓN.- ¿A quién alaba aquel bellaco?

DAVO.- Todo el negocio está ya en salvo.

SIMÓN.- Hablarle quiero.

DAVO.- (Aparte.) ¡Mi amo! ¿Qué haré?

SIMÓN.- ¡Oh, bien venido, buena pieza!

DAVO.-   ¡Hola, Simón! ¡Oh, amado Cremes! Todo está ya allá dentro aparejado.

SIMÓN.- (Con ironía.) ¡Diligente has sido!

DAVO.- Cuando quieras, manda traer la desposada.

SIMÓN.- Está bien: eso es, cierto, lo único que falta aquí. Pero ¿no me dirás qué tienes tú que hacer en esa casa?

DAVO.- ¿Yo?

SIMÓN.- Sí.

DAVO.- ¿Yo?

SIMÓN.- Sí, tú.

DAVO.- En este punto había entrado...

SIMÓN.- ¡Como si yo te preguntase cuánto ha!

DAVO.- (Terminando la frase.) ... a una con tu hijo.

SIMÓN.- ¿Y allá dentro está Pánfilo? ¡Oh, pobre de mí! ¿Pues no me dijiste tú que estaban reñidos, perro?

DAVO.- Y lo están.

SIMÓN.- ¿Qué hace, pues, aquí?

CREMES.- ¿Qué piensas que ha de hacer? Reñir con ella.

DAVO.- Antes, Cremes, quiero que entiendas de mí un caso extraño. No sé qué viejo se ha venido ahora en este punto... (Indicando la casa de GLICERA.) Allí está, firme, resuelto. Si le miras al rostro, te parecerá hombre de mucha cuenta, hombre severo y grave, y muy sincero en todo lo que dice.

SIMÓN.- ¿Qué historias nos traes tú?

DAVO.- ¿Yo? Ningunas más de lo que le he oído decir.

SIMÓN.- ¿Qué dice, pues?

DAVO.- Que sabe que Glicera es natural de esta ciudad.

SIMÓN.- (Llamando a un siervo.) ¡Hola! ¡Dromón, Dromón!

DAVO.- ¿Qué vas...?

SIMÓN.- ¡Dromón!

DAVO.- Óyeme.

SIMÓN.- ¡Si añades una sola palabra...! ¡Dromón!

DAVO.- ¡Óyeme, por merced!

DROMÓN.- ¿Qué mandas?

SIMÓN.- Arrebátame a ése en un vuelo allá dentro, cuan ligero puedas.

DROMÓN.- ¿A quién?

SIMÓN.- A Davo.

DAVO.- ¿Por qué?

SIMÓN.- Porque quiero. -Arrebátale digo.

DAVO.- ¿Qué he yo hecho?

SIMÓN.- Arrebátale.

DAVO.- Si en cosa alguna hallares que he mentido, mátame.

SIMÓN.- No escucho razones. Yo te haré sudar.

DAVO.- ¿Aunque esto sea verdad?

SIMÓN.- Aunque sea. Tú procura tenerle bien atado: y ¿óyesme?, átamele de pies y de manos. ¡Hala!, que yo te mostraré a ti, si no me muero, cuán peligroso es engañar al amo, y a él el engañar a su padre.

CREMES.- ¡Ah, no estés tan colérico!

SIMÓN.- ¿Qué te parece, Cremes, del respeto de mi hijo? ¿No tienes compasión de mí? ¡Que por un tal hijo pase yo tanto trabajo! ¡Ea, Pánfilo! ¡Sal, Pánfilo! ¿De qué tienes empacho?

Escena III

PÁNFILO, SIMÓN, CREMES.

PÁNFILO.- (Saliendo de casa de GLICERA.) ¿Quién me llama? (Viendo a SIMÓN.) ¡Perdido soy! ¡Mi padre!

SIMÓN.- ¿Qué dices tú, el más...?

CREMES.- ¡Ah!, dile lo que hace al caso y deja aparte pesadumbres.

SIMÓN.- ¿Qué se le puede a éste decir que sea pesadumbre? En fin, ¿qué dices?, ¿que Glicera es ciudadana?

PÁNFILO.- Así lo dicen.

SIMÓN.- ¿Así lo dicen? ¡Oh atrevimiento! ¡Mira si se para a pensar qué responderá! ¡Mira si se corre del caso! ¡Mira si en su rostro hay siquiera un leve signo de vergüenza! ¡Y que sea de tan abatidos pensamientos, que contra la costumbre y ley de la ciudad, y contra la voluntad de su padre, con todo eso desee tenerla a ésta (Alude a GLICERA.) con tan gran infamia!

PÁNFILO.- ¡Pobre de mí!

SIMÓN.- ¿Ahora, tan tarde, das en la cuenta de eso, Pánfilo? Entonces, entonces lo habías tú de mirar, cuando inclinaste tu voluntad a hacer de cualquier modo lo que te diese gusto: aquel día te cuadró verdaderamente ese vocablo. Pero ¿qué hago yo? ¿Por qué me atormento? ¿Por qué me aflijo? ¿Por qué fatigo mis canas por este loco? ¿Para qué lloro yo los daños de sus yerros? Pero, en fin, que la tenga y se huelgue y viva con ella.

PÁNFILO.- ¡Padre mío!

SIMÓN.- ¿Qué padre mío? ¡Cómo si tú tuvieses necesidad de este padre! Ya tú te has hallado casa, mujer e hijos, a pesar de tu padre, y has traído quien diga que es hija de esta ciudad: buen provecho te haga.

PÁNFILO.- Padre, ¿me darás licencia para decir dos palabras?

SIMÓN.- ¿Qué me has de decir tú a mí?

CREMES.- Óyele con todo eso, Simón.

SIMÓN.- ¿Que yo le oiga? ¿Qué le tengo yo de oír, Cremes?

CREMES.- Déjale, en fin, que hable.

SIMÓN.- Hable, yo le dejo.

PÁNFILO.- Yo, padre mío, confieso que amo a esta mujer; y si esto es errar, también confieso mi yerro. En tus manos, padre, me entrego; échame cualquier carga, mándame. ¿Quieres que me case? ¿Quieres que deje a esa mujer? Sufrirelo como pueda. Sólo esto te pido de merced: que no creas que yo he traído aquí este viejo: déjame disculparme y traerle aquí delante.

SIMÓN.- ¿Traerle?

PÁNFILO.- ¡Dame licencia, padre!

CREMES.- Lo justo pide: dásela.

PÁNFILO.- Hazme esta merced.

SIMÓN.- Concedida. Por todo paso, Cremes; sólo yo no entienda que éste me engaña.

CREMES.- A un padre, por un grave delito, bástale un castigo moderado.

CRITÓN, CREMES, SIMÓN, PÁNFILO.

CRITÓN.- (Saliendo de casa de GLICERA.) No me lo ruegues que cualquiera causa de estas me obliga a que lo haga: el rogármelo tú, el ser ello verdad y el bien que deseo a Glicera.

CREMES.- ¿No es Critón, el Andriano, éste que veo? Realmente que es él.

CRITÓN.- Salud, Cremes.

CREMES.- ¿Qué novedad es ésta de venir tú a Atenas?

CRITÓN.- Háseme ofrecido causa. Pero... ¿es éste Simón?

CREMES.- Este es.

SIMÓN.- ¿Por mí preguntas? ¿Eres tú el que dices que Glicera es natural de esta ciudad?

CRITÓN.- ¿Y tú lo niegas?

SIMÓN.- ¿Tan apercibido vienes a esta tierra...?

CRITÓN.- ¿Yo? ¿Para qué?

SIMÓN.- ¿Para qué? ¿Tú te has de atrever a hacer cosas semejantes? ¿Tú has de engañar aquí a mozuelos sin experiencia del mundo, criados como hidalgos, y cebarles sus apetitos con estímulos y promesas...?

CRITÓN.- ¿Estás en tu juicio?

SIMÓN.- ... ¿y enredar con casamientos los amores de las rameras?

PÁNFILO.- (Aparte.) ¡Perdido soy! Temo que el forastero desmaye.

CREMES.- Si conocieses bien, Simón, quién es éste, no le tendrías en tan mala opinión; porque es muy hombre de bien.

SIMÓN.- ¿Este hombre de bien? ¿Tan al punto hubo de venir hoy en las bodas, sin haber estado por acá en toda su vida? ¿A éste le has de dar crédito, Cremes?

PÁNFILO.- (Aparte.) Si yo no temiese a mi padre, bien podría advertirle de su error.

SIMÓN.- ¡Picapleitos!

CRITÓN.- (Enojado.) ¡Cómo!

CREMES.- Este siempre fue así, Critón; no le hagas caso.

CRITÓN.- Séase quien se quisiere: que si él prosigue a decirme lo que quiere, él oirá de mí lo que no quiera. ¿Yo trato de eso, ni tengo cuenta con ello? ¿Por qué no tomarás tú tu daño con paciencia? Porque si lo que yo digo es verdad o mentira, presto se puede saber. Habrá años que un vecino de esta ciudad naufragó junto de Andros, y a par de él esa tierna doncella. Entonces el náufrago recogiose por casualidad en casa del padre de Crisis.

SIMÓN.- El cuento comienza.

CREMES.- Calla.

CRITÓN.- ¿De esa manera se atraviesa?

CREMES.- Prosigue.

CRITÓN.- El que entonces le recogió en su casa era deudo mío, y allí oí yo decir al náufrago, que era ciudadano de Atenas. El cual murió en Andros.

CREMES.- ¿Su nombre?

CRITÓN.- ¿Tan presto su nombre? Fania.

CREMES.- ¡Ay de mí!

CRITÓN.- Fania se llamaba, si no estoy equivocado. Lo que sé de cierto es que decía ser del barrio Ramnusio.

CREMES.- ¡Oh, Júpiter!

CRITÓN.- Esto mismo, Cremes, oyeron entonces otros muchos en Andros.

CREMES.- Ojalá sea lo que yo confío. Dime por tu vida, Critón, ¿decía él entonces si era hija suya la doncella?

CRITÓN.- No era suya.

CREMES.- ¿Cúya, pues?

CRITÓN.- De un hermano suyo.

CREMES.- No hay duda; es mi hija!

CRITÓN.- ¿Qué me dices?

SIMÓN.- ¿Es posible...?

PÁNFILO.- (Aparte.) ¡Aplica el oído, Pánfilo!

SIMÓN.- ¿Por dónde lo crees?

CREMES.- Aquel Fania fue hermano mío.

SIMÓN.- Muy bien le conocí, y lo sé.

CREMES.- El cual, huyendo de aquí por miedo de la guerra, fueme a buscar al Asia. Entonces no se atrevió a dejar la niña aquí. Después acá, éstas son las primeras nuevas que tengo. ¿Qué se hizo de él?

PÁNFILO.- Apenas estoy en mí, según fue grande la alteración que me causó en el alma temor, esperanza, gozo, por una maravilla tan grande, por un bien tan repentino.

SIMÓN.- Por muchas razones me huelgo ciertamente de que ésta moza resulte ser tu hija.

PÁNFILO.- Bien lo creo, padre.

CREMES.- Pero aún me queda una duda, que me da harta pena.

PÁNFILO.- Digno eres de ser aborrecido con tantos escrúpulos: ¿en el junco buscas nudo?

CRITÓN.- ¿Y qué es la duda?

CREMES.- Que el nombre de la moza no concuerda.

CRITÓN.- Otro tuvo, siendo niña.

CREMES.- ¿Cual, Critón? ¿No te acuerdas?

CRITÓN.- Pensándolo estoy.

PÁNFILO.- (Aparte.) ¿Por qué he yo de permitir que la poca memoria de este hombre estorbe mi contento, pues que yo puedo en esto dar remedio? No lo permitiré. (Alto.) Cremes, el nombre que tú pides es Pasíbula.

CRITÓN.- ¡Esa, ésa es!

CREMES.- ¡Esa es!

PÁNFILO.- Mil veces se lo he oído decir a ella misma.

SIMÓN.- Debes creer, Cremes, que todos nos holgamos de esto.

CREMES.- Así los dioses me sean propicios, como yo lo creo.

PÁNFILO.- ¿Pues qué falta ya, padre?

SIMÓN.- Rato ha que el caso mismo me ha reconciliado.

PÁNFILO.- ¡Oh, padre excelente! Cuanto a la mujer, Cremes gusta que yo la tenga, como la he tenido.

CREMES.- Harta razón hay, si tu padre no dice otra cosa.

PÁNFILO.- Lo mismo.

SIMÓN.- Sí, por cierto.

CREMES.- En dote, Pánfilo, te prometo diez talentos.

PÁNFILO.- Acepto.

CREMES.- Yo corro a abrazar a mi hija. ¡Eh, Critón! Ven conmigo, porque entiendo que ella no me debe conocer.

SIMÓN.- ¿Por qué no la mandas pasar a nuestra casa?

PÁNFILO.- Bien dices; a Davo le daré ese cargo.

SIMÓN.- No puede.

PÁNFILO.- ¿Cómo no?

SIMÓN.- Porque tiene otra cosa que hacer que más le toca, y pesa más.

PÁNFILO.- ¿Y qué es ella?

SIMÓN.- Que está atado.

PÁNFILO.- (En tono suplicante.) ¡Padre, no está bien atado!

SIMÓN.- Pues no es eso lo que yo mandé.

PÁNFILO.- Hazme merced de mandarle soltar.

SIMÓN.- Sea.

PÁNFILO.- Ve de presto.

SIMÓN.- Voy allá.

PÁNFILO.- ¡Oh día próspero y alegre!

Escena V

CARINO, PÁNFILO.

CARINO.-   (Aparte.) A ver vengo qué hace Pánfilo. Hele aquí.

PÁNFILO.-   (Aparte.) Alguno, por ventura, pensará que esto que aflora voy a decir yo no lo creo: pero digan lo que quieran, yo tengo para mí, que la vida de los dioses es inmortal, porque les son propios los contentos. Porque si a mí con este gozo ninguna pesadumbre se me mezcla, inmortal quedo. ¿Pero con quién holgaría yo más ahora de toparme, para contarle todo esto?

CARINO.-   (Aparte.) ¿Qué gozo será ese?

PÁNFILO.- Allá veo a Davo: ninguno mejor que él: porque sé que es el único que de veras se holgará de mi ventura.

Escena VI

DAVO, PÁNFILO, CARINO.

DAVO.- ¿Dónde estará ese Pánfilo?

PÁNFILO.- ¡Davo!

DAVO.- ¿Quién me llama?

PÁNFILO.- Yo soy.

DAVO.- ¡Oh, Pánfilo!

PÁNFILO.- ¿No sabes lo que me ha pasado?

DAVO.- No: pero lo que a mí me ha sucedido, harto lo sé.

PÁNFILO.- Y yo también.

DAVO.- Como suele acaecer de ordinario, primero supiste tú mi mal que yo el bien que a ti te ha sucedido.

PÁNFILO.- Mi Glicera ha encontrado ya sus padres.

DAVO.- ¡Oh, qué bien!

CARINO.- (Aparte.) ¿Eh?

PÁNFILO.- Su padre es muy grande amigo nuestro.

DAVO.- ¿Quién?

PÁNFILO.- Cremes.

DAVO.- ¡Oh, qué bien te explicas!

PÁNFILO.- Y presto, en la hora, heme de casar con ella.

CARINO.- (Aparte.) ¿Es que sueña lo que deseó despierto?

PÁNFILO.- ¿Y el niño, Davo?

DAVO.- No pienses en él; que él solo es a quien quieren bien los dioses.

CARINO.- (Aparte.) Salvo soy, si esto es verdad: hablarle quiero.

PÁNFILO.- ¿Quién es? ¡Oh, Carino, vienes al mejor tiempo del mundo!

CARINO.- ¡Oh, qué buen suceso!

PÁNFILO.- ¿Cómo? ¿Ya has oído...?

CARINO.- Todo. ¡Ea!, acuérdate de mí en la prosperidad. Tú tienes ahora a Cremes de tu mano: yo sé que él hará, todo lo que tú quisieres.

PÁNFILO.- Ya estoy en el caso. Pero hay para rato, si esperamos a que él salga. Vente conmigo por aquí; que está ahora allá dentro con Glicera. Tú, Davo, ve a casa; corre y llama quien la lleve de aquí.

(Indicando la casa de GLICERA.) ¿Por qué te paras? ¿Por qué te detienes?

DAVO.- Ya voy. (A los espectadores.) No aguardéis que salgan acá fuera: dentro se harán los desposorios. Si algo hay que quede por hacer, dentro se concluirá. ¡Aplaudid!

FIN DE LA COMEDIA